黑伏藏

ABRAHADABRA

侯宗華詩集

Poems of Hou Zonghua

目次

第三章　血海棠

第一章

黑伏藏

當我們深入意識深處的世界，我們會遇到什麼？

對我而言，那個世界不僅僅是空洞與虛無，而是充斥了各種詭異的魔法與幻想、仙靈與鬼怪，以及荒謬、野蠻又神秘的原始力量。我寫詩，企望能參透這股力量的奧義。儘管我無法輕易理解，但我深信，那股原始力量使我們的精神世界生生不息，能夠與文明造就的虛偽、腐敗的陷阱抗衡。

優婆尼薩

優婆尼薩（Upanishad）又譯奧義書，為古印度論及真理本質之哲學與冥想語錄。

無數的眼睛
晶瑩發光的眼睛
充斥在無數浩瀚的星系
無數浩瀚的星系
又容納了無數發光的眼睛
發光的眼睛
長出巨大的手，巨大的腳
不斷地舞著，舞蹈著
巨大的手腳
又長出無數發光的眼
重重無盡，無盡重重

千鏡羅列
輝映一根搖曳的燭火
牽動一縷髮絲
掀起無數征戰的烽火
把玩時間的灰燼
質能互換，死灰復燃
錘擊星火，演奏對位與和諧
不時竄出不和諧音
創造愛與死的生物遊戲
將時空如紙片般任性扭曲折疊
雙掌一拍，無數巨掌響應
無數眼睛，發散奪目輻射
延伸，無止盡地延伸

嘶！
時空刃裂，織錦畫般
劃出無數度角光弧
爆裂，無以計數
五顏六色，琉璃瓦般夢的碎片
拼貼、重組、擊碎
拼貼擊碎重組擊碎拼貼重組擊碎……

黑伏藏

神秘的修行教法，被古代喇嘛高僧們埋藏在雪域深處，如今受過特殊訓練的喇嘛，正逐漸發掘那些失散各地的卷軸，獲得秘傳教法，這些教法謂之《伏藏》。

傳說
在珠穆朗瑪雪峰深處
埋藏著神秘的黑伏藏
誰掌握了黑伏藏
就能統御萬物的元素

風雪力道強勁，死寂瀰漫
咒術師踩過諸多屍骸
破碎的披風劈啪作響著

那黑伏藏卷軸
鑲嵌在著黑袈裟的骷髏
多次在夢中
召喚著他

多年來
受到村民的歧視、侮辱與嘲諷
咒術師依舊不顧一切地挖掘
尋找黑伏藏

群峰迴盪著淒厲鬼嚎
雪人的大腳印足跡遍布
危機四伏

薩滿出現，警告著他
野鬼出現，要脅著他

滅了野鬼與薩滿
噬食雪人的血肉
無視業報輪迴的律法
是野心？亦或是
狂妄與憤怒吞噬了他？

找到了找到啦
咒術師瞪大凸出的雙眼
興奮不已
在一處毫不起眼的岩洞裡
小心翼翼從骷髏身上

取下黑伏藏

砰！
金剛杵敲碎頭骨，溫熱的腦漿汩汩流出
咒術師吞下腦漿，按卷軸梵文所載
領受上師法力加被

無數晝夜裡，咒術師苦修咒法
恆常孤獨嘶吼
在狂風作響的夜
無人回應
回應的是空谷幽靈的鬼嚎

今晨，咒術師終於出關
霧靄繚繞的珠穆朗瑪峰
散發著耀眼的金橘紅
咒術師臉頰凹陷，嗓音沙啞
結起手印
睜著佈滿血絲的眼
朝日出方向喃喃唸咒

咒音迴盪著群峰
轉瞬間
霧靄聚氣成形
雷鳴電閃，下起巨大冰雹
千手千眼，綿延萬里的巨大神靈顯化
聆聽召喚

咒術師嘶吼道：
讓我駕馭萬物的元素
成就至高的闇黑巫術
釋放祢的法力吧
讓那些曾經輕蔑祢
封印祢的人
獲得應有的報應！

神靈瞪著村民
張開撕裂肌膚的血盆大口
狂笑著
笑聲震懾天地
引起巨大的雪崩與地震
死傷無數

村民們無不跪地膜拜
更多的是四散奔逃
他們深知，黑伏藏已然解封
末日近了

咒術師憐憫地俯視
輕蔑笑了
村民曾視他為瘋子小丑
如今卻卑瑣如蟻螻

他抬頭，再度向神靈祈願
祝禱聲被遍野哀號覆蓋了

語畢
咒術師緩緩飛昇
張開雙臂，一無所懼
衝向神靈碩大濕潤
深不可測的瞳孔

巨雷劈下！
咒術師與神靈瞬間消失——
從此再也沒有人發現咒術師的蹤跡

魔鳥

魔鳥（Huni），又謂禍伏鳥，源自泰雅族傳說，魔鳥由咒術師操控，能為受詛咒者帶來不幸與死亡。

魔鳥，魔鳥
灼灼發光的紅眼
振翅翱翔在原始叢林
尋找被詛咒的靈魂

鼓動著血紅羽翼
盤旋在烏雲夜空
迅疾俯衝而下——
一聲淒厲尖叫
迴盪在部落深谷

利喙啄食，吞噬
受詛咒者的血肉與魂魄
空氣凝結，沉默
一根血紅羽毛
飄落在乾涸的屍首旁

無數黝黑的獵巫者
嘶吼揮舞著彎刀
奔馳在蟬鳴繚繞的叢林
誰家被烙印了咒術師的印記
將慘遭屠殺

恐懼與哀號
瀰漫在部落深谷

哪個不幸的人
又因魔鳥的咒詛而死？

當無形的瘟疫襲來
文明的，太過於文明的瘟疫
原始叢林
逐漸被冰冷的鋼筋所覆蓋
理性腐蝕了敬畏
文明埋葬了神話
所有美麗、神秘的精靈們
也逐漸沉睡、消亡

人們慶祝著神話已死
未知已死

劇烈的痛苦已死
歌頌麻木
鼓吹軟弱與平和
靈魂卻不知不覺地
邁向全然的衰退與死亡

夜裡，魔鳥哀鳴
光禿的軀體蜷縮著
曾經犀利的紅眼逐漸黯淡
匍匐在枯萎的藤蔓間

在那神祕、紅霧繚繞的月蝕夜
咒術師悄然降臨
拾起枯葉

朝巨大渾圓的血月禱告
藤蔓盤旋，將魔鳥輕輕托起
沐浴在熾紅的月光下

樹洞裡
各種神貌詭譎的魔神仔
探出頭來
眨著碩大的眼，渴飲月光

蟬鳴響起
枯萎的一切復歸飽滿
盛開的繁花與葉
跳耀著透亮的弧形光點
竟是無數發光的精靈們婆娑起舞

魔鳥，魔鳥
在血月光芒的照拂下
光禿的羽翼逐漸豐滿
晦暗的紅眼
再度銳利灼燒……

在咒術師召喚下
魔鳥鼓翅鳴嗷
迅疾衝向夜空
歌頌純真的邪惡與叛逆
毀滅與死亡
飛向永恆魔幻的血月
飛向神話與復活

闇巫時代

紀念二〇二〇至今永恆不移的母題，病毒與戰爭，最終，讓我們復歸對混亂宇宙的敬畏。

也許我們失去的無以計數
唯有噤聲，並等待
等待著未來，縱使迷惘與糾結依舊
眼前是無盡的未知與渾沌
一切猶如回歸
闇黑巫術充斥的時代

未來懵懂覺醒之時
青澀蝶翼展翅
綻放著光與影
死亡與新生

彼此交疊衝撞著

神之手
狂暴無情地運作
幾近於肉眼可見
巨大無形的磨輪
正輾壓著過去的一切

整個世界，正在汰換著
血與肉，物質與精神
一旦不屬於未來
即被毀滅

我們所有的敬畏
僅只於此

黑銅缽

咒術師小心翼翼拿出
精巧，閃著寒光的黑銅缽
沉吟半晌，說道：
役使修羅鬼易如反掌
祂們與我們
皆由地、風、水、火、空、識組成

政客似懂非懂
歪著腦，朝缽內瞥了一眼
瞬間盜汗
顢頇肥碩的身軀
踉蹌退了好幾步
他撥撥稀疏的髮絲，終於
再次鼓起勇氣

往缽內看去

黑銅缽裡
無數大嘴獠牙，蟻螻大小
裸身無毛的修羅鬼
正撕咬著彼此
睜著佈滿血絲的凸眼
邪魅地瞪著政客

看！群鬼正在爭奪為王哪
咒術師抿起蒼白的嘴角
輕聲誦咒
咒音迴盪缽中
烈焰燃燒

眾鬼的軀體傷口爆裂
青綠色體液汩汩流出
哀號遍野

此咒，交付予你
咒術師目光銳寒
湊近政客耳邊呢喃：
秘訣即，讓此鬼物
感覺食若飽足，但依舊飢餓
好像擁有了什麼，卻一無所有
如不從者，此咒將令祂們滾燙灼燒
痛不欲生
眾修羅鬼們將全然臣服於你
聽你的命令

但是……

政客不假思索地同意
咒術師的交換條件
令他疑惑的是
咒術師分文未取，飄然離去

修羅鬼，在政客驅使下
殺死一個又一個政敵
皆為橫死
卻永遠出現新的政敵

終於，明日選舉在即
他剷除了所有對手

政客慵懶躺著，肥碩的臉
疲憊憨笑著

他聽到腦殼嗡嗡作響
逐漸地，由遠而近
傳來哭喊嚎叫
耳鳴——

政客突然憶起咒術師所述
駕馭眾鬼
只要一點點的魂魄
不礙事的

政客恍然大悟

試圖起身
卻不自覺地飄起
往下定睛一瞧
竟是自己的屍首
屍水橫流，爬滿蛆蟲
政客無法動彈
淒厲吶喊——

祂的嘴裡竄出肉色獠牙
靈魂迅速萎縮
飛越夜空
轉瞬間
落入精巧
閃著寒光的黑銅缽中

夢魘的辯證

不知道從什麼時候開始
整個世界成了
一片荒蕪的不毛地帶
為何盲目屈從於
詭譎召喚
踏上這荒謬旅途
那召喚我者
究竟為何？

死寂，無盡的死寂
刺骨的寒風，咆哮的惡靈
吞噬著、吞噬著……
吞噬了所有卑微渺小的生命

荒謬，徹底地荒謬
獨自一人
漂泊在冰冷死寂的荒漠
風沙嘲諷著殘存理性
無數惡靈們齊聲唱和：

你從哪裡來？
要往何處去？
為何還活著？
永遠在飢渴
永遠在受苦
卻永遠得不到解脫！

烈日下
天空出現碩大無比的鷹隼
嘎然尖叫——
迅疾俯衝而下刺進胸膛
黑紅的血液汩汩流出

軀殼倒下了
無數蛆蟲從沙中湧現
竄動，啃食
破裂的動脈搏動著
步履沉重
卻依舊不由自主地前行
那召喚我者
究竟為何？

醒來！醒來
從日復一日
無盡徘徊的沙漠中醒來
這必定是夢魘，夢魘！
天知道我又造了什麼孽？

戮力嘶吼
卻只聽見惡靈的嘲諷與咆哮——

不知過了多久
半死不生，意識模糊
天空終於傳來回音
以憐憫同情的語氣：

誰發明了這些疑惑
從未消褪的焦渴
那可憎的鷹隼？

我問：
你是誰？
給我一個最直接的了結
徹底擺脫這噩夢般的永恆輪迴

天知道又過了多久
回音再度回應
以極端嘲諷的口吻：

你熱愛這美麗的牢籠
炙燒的沙漠，不是嗎？

周而復始的辯證
以傷口與血，愚弄自身
保持著可笑的驕矜
距離與追求的遊戲

安插所有角色
上演一齣齣荒唐鬧劇
把玩著夢與真實
看似戮力輝煌
實則是為了鍾鍊技藝？

誰是那召喚者？
又有誰能夠代替你作夢？
與其像瘋子般吶喊
何不嘲諷自身
這一切鬧劇的始作俑者？

忽地
音爆，耳鳴，沙塵消散
天空撕裂，釜底抽空
一切有形與意識
盡皆竄入無止盡的深淵

哲學之舞

湛藍晴空之上
所有辯證熱鬧地進行著
夜鶯逡巡，金翅鳥歌唱
眾多無以名狀的神話之鳥
在雲氣花叢間飛舞著
來自世界各地的哲學家
滙聚於此

雲朵雲起雲湧
繁複層疊

疊出高聳
八角形的水晶宮
畢達哥拉斯，精準測度

編織多角球體
輕靈一躍
將球體裝飾在水晶宮穹頂

此時從雲中湧現
纖細，身著白羽衣
渾身透亮
絲帶繚繞之女舞者
所有哲學家列隊歡迎

領頭的蘇格拉底吶喊著：
來啊東方舞者
訴說你們的哲學

我們沒有哲學，只有舞蹈
那就跳支舞，舞出華麗的辯證

東方舞者抿嘴一笑
優雅地調勻好呼吸
即興發揮一段舞姿

絲帶飛舞飄盪
舞者汲取風
汲取雲
汲取繁花
掌心湧現了沁涼噴泉
盈滿馥郁的橘子花香

陰與陽，光明與黑暗
匯聚成滾滾浩瀚的酒河
生命之樹
漫然滋長出枝椏與果實

赫拉克利特從河中躍出
化身為火
焦渴的火
獨身禁慾的火
萬物繁多的元素
閃耀發光的邏各斯
反覆、周而復始的辯證
關於和平與戰爭
混亂沸騰的宇宙起源

維根斯坦，一如既往地沉默
以精準意念計算
建構他的幾何學之屋

蓬頭亂髮的漢娜吶喊哀號著
這裡可沒有政治屠宰場
以證明行動意義的永恆

西蒙・波娃與沙特
暢飲美酒，乾杯！
嘲諷拐著腳的卡謬
愛裝酷的卡謬
還在路上

越來越多的哲學家
加入這場流動的盛宴
流派繁多，不勝枚舉
喝得酩酊大醉後
開始爭吵
哲學若不來場鬥爭
就毫無意義

所有流派的哲學
拋出各式兵刃
擊打彼此，交融
竄燒出新的兵刃
再次擊打
又迸發出新的火花！

哲學家們彼此嘲諷
也嘲諷自身
兵刃彼此交鋒
卻沒有人被傷害
沒有一種哲學
足以涵蓋一切
摺疊生命
於纖細沉思的指尖

當所有哲學家酩酊大醉
所有的兵器狂飆亂竄

那東方舞者
依舊煥發著寧靜

優雅微笑著
她的舞姿越發狂野
迴旋的絲帶形成風暴

所有的兵刃瞬間
旋入巨大的黑洞，旋入陰與陽
消融所有的定義與界限
最終舞者也消融自身
回歸無形
在那永恆超脫的時空中
跳著永無止盡的
哲學之舞

尼采之一——駱駝

一切都源自於無根與飄盪
遨遊天際，在暴風雨之中
恐懼與未知不斷反覆奔騰
將既有的框架擊碎

紊亂的夢境
充斥著光怪陸離的巨獸
步履蹣跚
被人性殘酷吞噬
拾起銀色標槍
扔向巨獸心臟……

瞬間亂竄、迸發四射
橘紅色的光與火

尼采之二——超人

凌越群峰之後
只剩永不止息的冷冽風暴吹拂
向下俯望
唯有幻變湧動的層層雲霧
早已看不見熟悉的
喧鬧與溫暖

燈火通明的世界啊
遙遠復遙遠的夢境

劃過眼前的禿鷹振翅鳴叫著
那聲音悠遠孤傲地迴盪
嘲弄著披風下的憔悴面孔

接下來該何處何從
唯有作響的衣襬回應

尼采之三——最後之人

依舊伴隨著淩亂、無序的調子起舞
依舊是陳舊、了無新意的老把戲與故弄玄虛
當活著依舊
再無嶄新的發現與質疑

早已習於謳歌自我的猖狂
自我與靈魂卻依舊頹然
不知所措地掙扎
再也不需要多餘的矯飾了
當人性的本來面目不過如此

由最初的倉皇失措
直至最終狂傲不羈的靈魂
逐漸平息

當查拉圖斯特拉之名
僅殘留在雪地裡
玫瑰花瓣的芬芳
當人性的本來面目不過如此

我只需活著並繼續謳歌
無論謳歌的主題為何
當一切的一切
儼然一場場精心編排的木偶戲
測度宇宙邊界的星圖
早已化作掌中的沙塵

一切皆已完成，卻不見終章旋律
老喇嘛眉頭微皺

拂去眼前的沙畫曼達拉
輪迴轉世早已是過去的日子

應許之地

你的後裔必像地上的塵沙那樣多，必向東西南北開展。
地上萬族必因你和你的後裔而得福。——〈創世紀〉

無以計數的光陰裡
獨自一人橫越亞細亞荒原
沒有斑斕的奇思異想
沒有片刻歇腳的綠洲
唯有那一望無際
吸納所有生命力的沙礫
身邊所有的同伴皆已死去
縈繞在他們耳畔的遺言無非：
應許地啊應許之地
近在咫尺，應許之地

此時的我疲憊饑渴地倒下
漫無目的地憶想最初聆聽的召喚：
所有揀選之人
必將穿越這亞細亞荒原
應許之地近在咫尺

途中的每個人
凝望著那俗世幻變的海市蜃樓
如飛蛾撲火般奔向前去
如今骨骸遍野，他們就差一步半步

應許地啊應許之地
如今依舊無人到達
唯有日復一日

凝望著橘紅色的夕照禱告
剎那間
靈魂才感到一絲快慰

依舊孤寂的歲月
獨自一人橫越亞細亞荒原
穿越、不斷穿越
直到某日耗盡一切而倒下
埋於沙礫、化為虛空
應許地啊應許之地
依舊只差那一步半步

第二章

極致偏激的理想主義者

我早已厭倦文明的蒼白與軟弱，因此我寫下極致荒謬，偏激的理想主義詩歌，自由表達內心蠻橫生長的一切，關於時事的感悟及其他。詩是最浩瀚的載體，足以容納所有的題材，所有的矛盾。

二〇二二年二月二十六烏克蘭

某烏克蘭網友曾在推特分享一張照片，描述一名八旬老翁，為了守護烏克蘭參戰，以此為靈感作此詩。

飛彈劃過灰暗
烏雲密布的天際
一道道熾烈焰火弧光
穿越村莊
轟炸聲震碎了大地
蘸血的耳朵與頭顱
掉到我的眼前

半夜裡
恐慌與尖叫聲四起
聽聞蛇島之軍已全軍覆沒

偉哉烏克蘭，天佑烏克蘭！

我壓抑起羨慕、激昂的情緒
利索地將兒孫送進防空洞
女兒與孫子們擁抱哭喊
恐怕我們的家鄉
將岌岌可危

去吧，躲起來
我不走，我得反擊
我可不想被塞進防空洞
那兒的空氣會讓我窒息
快走吧
偉哉烏克蘭，天佑烏克蘭！

好消息來了
政府終於允許我們反擊

年輕時，我曾見證烏克蘭獨立
蒙主恩寵
如今我已年屆八十
比起那開水般
平淡無奇的日子
我終於能夠親身為烏克蘭
爭取自由與榮耀

是什麼鼓舞了我我並不明白
是什麼再度喚醒了
沸騰的血慾與心跳

讓我躁動不已而激情吶喊？

我殘破之軀
或許在敵軍眼裡只是一個玩笑
當子彈上膛
請容我飆出一句俄語髒話

我其實並不在意所謂國家理念
我知道誰來統治
日子也並沒有什麼不同
我的死亡
也僅僅讓子孫啃咬湯匙時
多了一點茶餘飯後的談資
他們或許會思念我，或許不

我更寧願他們將我當成笑話
然後忘掉

飛彈從我的頭頂飛過
坦克壓境
軍隊進逼的踏步聲
媲美華格納的交響樂

轟隆一聲
飛彈震碎了我躲藏的牆垣
該死的俄羅佬！
我小心翼翼
將子彈上膛

哪，看來這把老槍狀況良好
來了，他們終於來了
唱吧！兄弟們
唱起激昂的烏克蘭軍歌

開槍的剎那
嘶吼消融在昂揚的瞬間

衝吧！
衝向那熾烈爆發的火球與光焰……
偉哉烏克蘭，天佑烏克蘭！

致斯卡昆

俄烏戰爭，一烏克蘭工兵斯卡昆（Vitaly Vladimirovich Skakun）獨守炸橋，犧牲自己的性命阻擋俄軍。

當無情的砲火震碎牆垣
平民以肉身
阻擋坦克突進
當俄軍裝甲部隊
步步進逼赫爾松
此刻，唯有全然臣服於
命運擺弄了？

我向同袍們一一道別
無線電傳來的訊號斷斷續續
但尚可想像他們

含淚的眼，低沉的哽咽
我開起粗鄙的玩笑，緩解氣氛
只為了逃避某種
有損士兵尊嚴的傷感

來不及了，就是現在
橋墩震盪著
敵軍坦克已然壓境
一無所懼，按下引線！
凝結的瞬間，白金色花火湧現……

我看見
無數同胞們詠以歌舞，歡慶
在氤霧繚繞的喀爾巴阡山脈上

如雨的玫瑰花瓣灑遍第聶伯河
向勇武犧牲的英靈們致意

當迷霧散去，艷陽灑落
眼前滿山遍野
無數艷黃的向日葵燦然綻放
庇祐著
永不妥協的烏克蘭

我看見不遠的將來，烏克蘭
將突破極權壓迫的硬殼
破卵重生
我看見……

只希望孩子活著

致澤倫斯基，一個充滿無謂勇氣的政治家。

只希望孩子活著
活在美麗，純樸的烏克蘭鄉野
高唱出親暱，樸實的鄉村小調

如果侵略注定無法結束
就讓勇氣奠基起自由
不畏死亡的勇士們
以溫熱的血
灌溉烏克蘭的土坯
滋長出充滿希望的向日葵

我知道

所有理想都如同華美的社交辭令
無法兌現的承諾
與陳腔濫調
唯有孤軍奮戰
讓不屈的意志喚醒
被政客掩埋的良知
讓傷口袒露
在全世界面前

如果刺客的匕首與槍
奪走我的性命
我也無怨無悔
我的人生
前半生是純粹的喜劇

與充滿諷刺意味的掌聲
當我爬上所謂權力的峰頂
環顧四週，現實
何嘗不是更加荒謬的遊戲？
當野蠻的瘋子，屠夫
追求無止盡的擴張
姦淫與屠殺
以荒誕的正義之名？

當無情的炮火襲來
我向上蒼禱告
寧可讓我一生沉淪
在汙穢的誹謗與醜聞裡
被民眾驅逐

被輿論詆毀
也不願讓我的孩子們苟活
在一個狂妄瘋子的統治下

孩子們
這是一場遙遠的戰鬥
然而全世界都見證了
烏克蘭的勇氣與力量
你們父輩的犧牲並非枉然
他們將烏克蘭的未來
留給了你們
緊握起故鄉的土坯吧
孩子們

牢記那土壤與花草的芬芳
未來
你們將重新振興烏克蘭
再次種下充滿希望的向日葵

讓你們的孩子能夠
自由自在地奔跑
讓你們孩子的孩子
再度高唱出親暱
樸實的鄉村小調
生活在那美麗
純樸的烏克蘭鄉野
生生不息

對於未來
我一無所求
只希望孩子活著

我曾造訪那金碧輝煌的國度

記二〇一八年，於俄羅斯世界盃，當時的俄國沒有疫情，沒有戰爭，只有四海一家的世界。

我曾造訪那金碧輝煌的國度
紅場上，來自世界各地的朋友們
高舉自家的國旗歡騰慶祝著
在世界盃足球賽的競技場上
屏息的剎那，足球
曲線射門！
眾人一躍而起
彼此擁抱吶喊
無論輸贏，慶祝與擁抱
是世界共通的語言

午後斜陽光芒
從寺院的彩繪玻璃窗灑下
薰香煙霧繚繞，襯以金箔的聖徒們
悲憫地俯視眾生
我，一個突兀的觀光客
唯有靜默，禱告
在這超脫凡塵的瞬間

夜裡，在旅館附近的酒吧
我愛上了青澀的俄羅斯女孩
她也愛上了我
我們語言不通
只用手勢與眼神溝通
她棕色的眼，金色的馬尾

因為羞赧而緋紅的臉
沒有可憎的偽裝，多餘的算計
毫不保留地給了我
所有的溫柔與愛

粗曠的俄國佬，豪邁的俄國佬
我依稀記得乾杯時
他們爽朗不羈的笑聲
擁抱著我
嘰哩咕嚕地唱著俄語歌謠
不管我聽不聽得懂
他們依舊笑得開懷
總是樂於揮霍，分享一切

兀立在杜斯妥也夫斯基肖像前
歡呼聲如潮水般襲來
在最後的演講結束後
那瘦弱矮小的老者
高舉雙手激動吶喊：
做一個真正的俄羅斯人吧
做一個世界人
調和所有的矛盾
萬物一體，人類之愛
所有俄羅斯民眾齊聲歡呼……

他走向人群
被眾多崇拜者緊緊擁抱著
青年人、老人、小孩，男男女女

全都為這純粹的福音落淚，激動吶喊：
杜斯妥也夫斯基
杜斯妥也夫斯基
杜斯妥也夫斯基……

托爾斯泰振筆疾書
用文字架構出龐大的
精神堡壘
悲憫與勇氣的堡壘
將苦難的靈魂煅燒堅強
抵禦戰爭與死亡
他炯炯肅穆的眼
那莊嚴的身影逐漸消失

俱往矣——
如今的俄羅斯人民
已習於沉默，靜靜承受
所有的暴虐與謊言

當戈巴契夫過世時
世人才憶起那可愛的老頭
不像政客，倒像個可親的詩人
嘲諷祕密警察與戰爭的詩人
當他調皮睿智地眨眨眼
人民長年積累的恐懼與枷鎖
瞬間瓦解

舊蘇聯的鐵幕解體了
蒼老的牢犯們獲釋了
他們可曾無法適應
那過於刺眼的，自由的陽光？

忍受著社會驟變的劇痛
戮力拚搏，讓下一代
長成了在紅場上奔跑
活潑、氣色飽滿，美麗健壯的青年男女
就像我深愛的俄羅斯女孩
手牽著手，不需要多餘的言語
我們的靈魂早已緊密交織在一起

俄羅斯的子民呀，找回你們昔日的榮光
那是戈巴契夫的願景
杜斯妥也夫斯基癲狂的夢境
托爾斯泰建構一生的精神堡壘、屠格涅夫
普希金，阿赫瑪托娃，所有前仆後繼的詩人們
所有被汙衊與被損害的藝術家們
擲出永不妥協的藝術標槍
戮力反抗奴役與暴政
他們的靈魂早已融入你們的血液
你們是與眾多偉人齊頭並進的國度
是強壯豐盛，熱愛分享的民族
而非那狂妄，獨裁瘋子的奴隸

軍隊們，警察們
你們聽不到人民的渴望與怒吼嗎？
別再服從那個瘋子
與人民站在一起吧！

別恐懼
你們還有什麼好失去的？
當一批又一批的子民
被迫經歷無辜的屠殺與死亡
你們這些共謀者與劊子手
還能活在沉默的罪惡裡多久？

當破曉的曙光來臨
戰鬥民族的血液

沸騰吧！

顛覆那瘋子的政權
顛覆一切
奪回你們本該擁有的美麗
自由與尊嚴
成為真正的俄羅斯人
成為世界人

嬉皮士

嬉皮精神不僅僅存在於失落的一代，它存在於純真之中。

來吧！頹廢派
來吧！嬉皮士
酒，大麻，鴉片，LSD
微醺到狂醉的滿月夜
唱出他們不敢大膽唱出來的曲調
朋友們，男男女女
彼此毆打吧，放縱吧，雜交吧
做你們想做的

你還在猶豫什麼？
蠢蛋！

你已經浪費太多時間了
太多的壓抑與懊悔
你要將責任推卸給誰
精神瀕死之人？

加入我們吧
這是一支奇怪的隊伍
失落的一代
赤裸雙足
帶著破吉他與手鼓

走吧出發吧
來到加利福尼亞，來吧印度
來吧奧秘的西藏與尼泊爾

朝拜那第三眼
那雪峰上的喇嘛喃喃誦經
說不準何時會騰空飛起

炙熱無比的非洲大草原
熾烈橙黃的麥田
走遍全世界嬉皮的天堂

吟唱著狂傲不羈的詩句
歌頌純真與放蕩
我們是嬉皮士
我們是永不凋零的花的孩子

偽知識分子

他們希望被尊敬
冠以某種高尚的頭銜

他們渴望
寫出動人心弦的什麼
卻不願打破生命的極限
在額頭上烙印
苦難與狂喜的印記

他們欣賞離經叛道的死人
他們譴責離經叛道的活人

他們吶喊著
打破所有桎梏與謊言

標榜存在主義
或任何二手抄襲的偉大哲學
卻活在虛偽的道德與關係裡
在政治正確的利誘下
宣稱自身的智慧與情感為真
至少看起來為真

他們看似高尚優雅
實際上卻是
徹頭徹尾的勢利眼
坐擁秘密的病態私生活
我不屬於他們
我只是一個普通的
赤裸的人

時局組曲

二〇二二年，俄烏戰爭，病毒，印度神童，安倍晉三遭暗殺，翡洛希訪台，當狂人電影導演韋納荷索吐露智慧之語，普丁暗示著核戰將臨，在媒體終日巨大信息量的衝擊下，我們終究得麻木地活在動盪與未知之中，顯得無比荒謬、滑稽。

時局之一——冷眼

只需要一雙冷眼
以習以為常地姿態生存
面對戰火與病毒
如今又多了一起暗殺
以再幼稚不過的理由

人命成了具有時效性的話題
好讓記者與政客借題發揮
煽動群眾的軟耳朵
試圖模仿偉大
或者神似偉大的一切

從來不容置疑
生而為人
我們戮力而活，見證
這世界
依舊充滿創痛的運轉著
麻木已成積習
謊言成了真理
理想成了眾人訕笑的段子

野心家以鐵與血
輾壓群眾的理智與想像
操控廉價口號與話術
迫使無數純真的子民
奔向戰場
從冷兵器時代至今
依舊如此

時局之二——噬神

在強權面前
正義與公理依舊會俯首稱臣
如釜底抽薪
自古人盡皆知

使人的肉體與精神在
飢餓貧病後
足以使人性尊嚴
崩毀，暗啞與沉默

並非人人都曾在沙漠裡
接受魔鬼試探
但人人都可以是審判長
只需通曉人性與一丁點資本
服膺於強權
就能苟且偷生
只要放棄自我，絕對臣服
強權將賜予你
終身汲營渴求的榮耀桂冠

我們可以不要用強權這個字眼
那聽起來太過抽象，然而
那可是一點也不抽象，咫尺之涯
看看你們的周遭
所有營生，買賣與交易
不斷重複的老梗喜劇
那可是一點也不抽象

時局之三——翡洛希

那名遠方的客人
在砲火威嚇下
依舊落落大方地來訪
據聞她年輕時

曾是出落得高雅美麗
神似影星赫本奧黛莉
一個眼神，一句戲謔的玩笑
足以讓對面的野心家畏懼
以野蠻滑稽的方式
維持威信

所有既有的律則都被打碎
台灣，福爾摩沙，美麗之島
經歷種種愁苦奮鬥
血與淚，匯流與衝擊
突然之間成了那條船
牽繫著世界的
動盪時局

時局之四——變數

在隱蔽的亞細亞黑森林
耆老燃燒著火炬
在閃爍的黃光下
沉默冥思，參透種種劫數
睜開第三隻眼
以古雅梵文
銘刻上蒼啟示的未來
於貝多羅樹葉

那印度少年似乎承繼了
源自遠古奧義書的天賦靈智
夜半，他純淨的靈魂脫離肉體

飄盪在星子間
凝視眾神落子無悔的遊戲
警示命運
以古老簡樸的教義
然而如今已不是
真理時代
我們的腳步，已來不及追上
倉皇的變數

時局之五——夢中荷索的夢

當我看見韋納荷索
飽歷風霜的臉
銳利不羈的眼睛

神似從電影裡一躍而出
噬血、叛逆嘶吼的巨熊
又幻化為潛伏在
馬里亞納海溝深處
巨大而畸形
張開充滿銳牙的嘴
足以吞噬一切的巨獸
卻吐出幽默溫柔
純淨如蜜的詩
足以點燃靈魂最深處
熾烈燃燒的篝火

我們是否能依舊
保有純粹的良知與堅持？

在這充滿創痛與苦難的時代
只需見證一次奇蹟
不是強權而是真理
獲得勝利
抑或是向黯黑
屍骸遍野的時代致敬？

忽地，那可怖幻影倏然現前
古印度，摩亨佐達羅城
飛行船投下了阿格尼亞
其上銘刻了來自梵天賜予
火神阿耆尼的咒語

轉瞬間
烈焰綿延千萬里
無以計數的蕈狀雲飛昇
一切爭端盡歸於虛無

億萬年後
周而復始，永恆輪迴

短詩數首　關於柬埔寨悲歌

豬仔，販賣器官，詐騙，這些瘡疤，真的是人類的作
為嗎？
我們不知道，還有多少黑暗角落裡的瘡疤沒有被揭露？
是誰造就了這一切？或許，是我們自己。

佛像眼角的露珠滾動著
人口販子，合掌祈禱
在濕熱，烏雲厚重的清晨

※

一隻腐爛的腿
緩緩飄過，農婦們
面無表情地洗衣服

※

無臉男
懶洋洋地癱坐著
等待著下一位按摩客

※

白淨的孩子，雀躍穿縮在
赤裸的女孩之間，玩弄著
她們身上的枷鎖

※

在父親悉心指導下
小小的手，將跳動的心臟
放入箱子

※

她用鐵絲
劃破自己的臉，手、腳
好讓嫖客，對她失去興趣

※

滿臉是血的女子
正在幫客人口交

她的母親，正焦急地匯款

※

好幾年前在機場，爸爸說
要買一堆玩具給我的。如今
媽媽的小手，捧著爸爸

光

據聞杜斯妥也夫斯基癲癇症狀時，恆常意識迸發，看見無比耀眼的光芒，從而經歷偉大超然的平靜，成為創作之感悟與泉源。

始終有道曖昧不明的光
化為無形、強而有力的臂膀
擁抱黑夜，那業已沉睡的世界
有時幻化為金色翅膀的夜鶯
一張俊美娟秀的臉龐

夢語呢喃，唱出人類整體的過去與傳說
充滿創造與破壞的歷史，直到今日依舊反覆輪迴

未來的未來，會有更多的人
他們也將沉溺於其中，那巨大、包容無限的生命洪流

窮人依舊在掙扎
那些內心被脆弱與苦痛啃食的人
那些赤裸而真實的人
那些不被浮華世界所接納的人
那些被人性的軟弱與猥瑣埋葬的人
那些企圖吶喊出真實渴望
卻暗啞力竭的人
還有因為富有，過度自私
變得勢利、顢頇的人
渴望拯救別人
自己卻亟需被拯救的人

所有充滿矛盾的人、最神聖與最邪惡的人

那道曖昧不明的光
融入所有為了生存而疲憊的夢
照亮了黑暗與沉鬱
在他們憔悴的臉龐上
顯現出人性最真摯、美麗的刻痕
帶來了久違的、遙不可及的溫暖
與明日的希望
讓人類在苦難中扶持彼此
生生不息的力量……

第三章

血海棠

有些遇見的人，心靈的浮光掠影，最終都成了破碎的詩句。我試圖將她們的身影與記憶永遠留在詩句裡，然後徹底忘掉。我必須心無旁騖，輕裝前行，但是如今的我終於明白，那是不可能的。

銀河浮游

夜裡，綿長如絲柏般的髮絲
緩緩纏繞住我的孤寂
將我輕輕捧起

穿越了星空，浮游在綿密
白金絲綢般
不斷湧動的銀河

我們用指尖揮灑著光束
拾起熠熠發光的七彩礦石
自由雀躍地錘擊
竄燒出不屬於塵世的光芒
紋理與色澤

抑鬱而華美
熾烈而留白
傾訴彼此的一切
漂泊在無數迷離抽象的夜
傾訴湛藍的海，花
與抑鬱的秘密
凝望著她，揩著光
揩出低垂而悲傷的皺褶
那是最細膩柔美的雕塑
然而她
並不是現實裡的她

眼前的一切
突然如同燃燒的花瓣般消逝

我緊緊攥住
最後的淚與笑
浩瀚的強光襲來
肉身的覺醒與沉重
竄入眼裡，刺入心臟……

我緩緩地，睜開了雙眼

俘虜

與妳
永遠在爭吵

或許是
為一句詩的修辭
為一朵花的色澤
永無休止的
哲學辯證

然而
卻絕口不提
那禁忌
與秘密的字眼

比死亡更濃烈的
秘密
緊緊掐住我的一切
將我窒息

我
成了妳的俘虜

鬱金香

她時常在半夢半醒間拭淚
游離在心碎與遺忘的邊緣
在那神祕、萬里無雲的滿月夜
月光照拂了她悉心照料的花園

她聽到了細緻、微弱地聲響……

撥開絲柏般的長髮
眨眨泛淚的長睫毛
用眼角餘光
小心翼翼地
偷瞄那朵鬱金香

啊！
她輕聲叫了出來
揉揉不可置信的眼睛……

鬱金香花瓣
一瓣一瓣
在銀白色的月光下
緩緩綻放

她，似乎明白了什麼

多年以後
她不在夜半裡默默拭淚了
恆常沐浴在白晝的清澈與光明裡

人人都讚賞她
出落地精明，幹練與智慧
卻對她的鋒利與高冷敬而遠之

她遺忘了她的花園
曾經繁花盛開
如今業已凋零

偶爾
她悵然若失地流浪
彷彿失去了什麼必須找回
卻總能及時清醒
沐浴在白晝的清澈與光明裡

在那神秘
萬里無雲的滿月夜
銀白色的月光
薄紗般輕柔地
再度照拂了她荒廢的花園

那朵枯萎的鬱金香
再度綻放
澄黃透亮的花瓣
花開的清脆跫音
悄悄進入她的夢裡

一滴晶瑩的淚珠
從她沉睡著

潔白無瑕的鵝蛋臉
輕輕滑落

血海棠

她是朵艷紅海棠
飄啊飄啊飛向了自由
我追逐她的倩影
她冷眼回眸
轉瞬間，荊棘刺向了我的胸膛

血！海棠嗜飲著血
她飢渴的眼眸發光
越發地鮮紅艷麗
叛逆，桀敖不馴
飽歷滄桑卻依舊戮力綻放
一朵出落地艷紅與絕美

我試圖穿越層層荊棘，穿越
只渴望靈魂剎那的共鳴
忘卻一切現實裡的虛偽與苦難
那將是我最終的歸宿
然而……

敞開胸膛
眼淚不自覺地流下了

凝望她的眼
我終於明白
我永遠無法穿越一切擁抱她高傲的表象背後
鑲嵌在夢境彩霞裡的
秘密與眼淚

當血液逐漸乾涸
那朵血海棠卻只是嫣然一笑
將一片薄花瓣落在我掌心
轉瞬間飛向天際
飄向無邊無際
只屬於她孤獨夢境裡的
彩霞與花海

墮落

遇見妳以後
毀滅與死亡
侵蝕著我

無數子夜的夢魘
各式各樣的妳
邪惡的、誘惑的，赤裸的
四面八方襲來
撕扯我心臟的肉

卻又帶給我
極致的喜悅
幾近於
狂暴致死

流連忘返
在無數逃避與放縱的日子
我渴望徹底遺忘妳
渴望
卻更加熾烈地焚燒

直到我不得不面對
鏡子裡
那過於早衰
不忍卒睹的臉

死亡將臨
滲血的嘴角微笑著
那是最華美

無悔的墮落

渴

曾經，我如飢似渴地追尋
統御萬物的力量
直到我的眼淚被喚醒
胸口灼燒著
無以名狀的渴

等了又等
無數晝夜過去了
我所有闇黑魔法的力量
已然失去
胸口卻依舊灼燒著
無以名狀的渴

我簡裝而行，赤腳行旅
漂泊在狂風作響的曠野
從花香尋找她的方向

那朵海棠花
那朵噬血的海棠花
我依稀記得
她絲柏般飄盪的髮
雙眼閃耀著叛逆的光芒

或許她僅僅是
我孤獨蒼白的生命裡
最荒誕不羈的夢
我卻無法否認自己

經歷了無數
綻放著輝煌幸福的剎那

我害怕她
在無數漂泊的日子裡
在我熾烈灼燒的夢裡
逐漸褪色

如今
我依舊在曠野裡漂泊
尋找著，等候著
等候那朵血海棠翩然降臨
我明白，她將帶給我的命運
是毀滅

然而
我願死在她的手上

島

拋棄了沉重的行囊
忘卻痛苦和悲傷
駕著木筏
迎向久違的陽光與海風
穿越乳白色的海浪
航向那渺遠
不為人知的島嶼

放眼望去
島的形狀就像
巨大豐腴的母體
撲向岸邊濕軟的泥土地
小小的、稚嫩的腳掌
像初生兒般探索大地

將臉貼緊溫熱的泥
泥土輕輕地
充滿韻律地搏動著
來自島嶼的心臟
緩緩凹陷，逐漸融化的泥
黝黑赤裸
輕柔起伏的火山泥

流動的岩漿
妝點著錯落繁複的火山泥紋
像是緩緩移動的大蟒蛇
巨大，美麗而黏稠

爬上那座不斷冒煙
蒸騰的火山口
向下望去
岩漿沸騰著

突然
熾烈地噴濺爆發！
赤紅的岩漿瀑布
泉湧而出
衝向天際……

浩瀚的煙塵緩緩散開
赤裸的母神
張開巨大的雙手

覆蓋了天際
湧現了力量
示現了奇蹟

火山口
傳來魅惑的，母性的呼喚

跳啊
跳進去
跳呀別怕……

閉上眼睛，縱身一躍……
羸弱的身軀瞬間熔化
喜悅的淚水灌溉了整座島嶼

岩漿凝住了
火成岩，長出片片稚嫩的綠芽
整座島嶼，發出心滿意足的呻吟

俄國女孩

她梳著高高的金色馬尾
桀敖不馴地端酒，點菜
我們等了很久
她始終忙裡忙去
對她抱怨時還怒氣滿盈：
我很忙、我沒空！
我不懂俄文，但那表情手勢……
傻瓜都懂她的意思

她終於姍姍來遲
翹著高鼻子幫我們點菜
這刁蠻小妮子
一副蠻不講理的態度
我打量著她

孩子氣棕色的眼，與結實的馬尾
突然，隨興惡作劇地說出：

Are you married?

我用中文，再說了一次
她一定聽不懂吧，我想
但是……

她的動作停止了
臉頰瞬間緋紅，活像個熟透的柑橘
她小聲地回應我一句俄文單詞
我聽不懂
但她的臉，她的手，她的一切

都變得如此輕柔
如此美麗

瑞士小鎮

醒來，打開窗櫺
冰霜與白霧繚繞著雪峰
空氣，太過於純淨的藏藍
錯落著黝黑的叢林剪影
橘黃燈光下
白霧緩緩飄進小木屋
清晨，迷迭香

漫步在白霧瀰漫的山道上
綿延高聳的針葉林
發現了小白狗布偶
裝飾的小小木屋
屋旁的草皮
種滿了小白花

我們並不懂彼此的語言
卻結伴一起
靜靜地，緩慢地走著
神秘的，抑鬱濃稠

霧散了
針葉縫隙灑下一縷搖曳的曙光
凝結的露珠在枝頭上顫動著
掌心，緩緩滴落

走進小鎮街頭的玩具店
精美的吊飾與布娃娃
輕輕把玩
金髮小女孩走跳雀躍地經過

拉起我的手
嚷著我聽不懂的語言
我買下一些玩具與吊飾
卻不知道該送給誰

古董鐘錶店裡
來自台灣的老闆娘
纖細的紅指甲
小心翼翼地拿出一只
機械錶，錶殼泛著古銅黃
陳舊的，優雅的齒輪
滴答滴答地轉……

她已經住了三十年
在這寧靜樸實的瑞士小鎮

湖邊，瑞士國旗飄盪著
澄澈透亮的湖
躍動著刺眼的白金水紋
飽歷滄桑的耆老
那長滿鬍渣的粗獷臉龐
輝映著波光粼粼
如磐石般，沉默
遙望遠方

小鎮外，渺遠
襯以白霜的湛藍雪峰依舊

傲然屹立，彷若扎根於永恆
手上的機械錶滴答滴答地轉
在這遠離塵寰的瑞士小鎮
我們依舊靜靜地
緩慢地走著

煙雲

偶爾會有那樣的片刻須臾
漫步在飛瀑與傾斜的古壑間
那平凡無奇的老者
他看世界的眼神冷淡清幽

此時
白鶴鳴噭飛過……

抬頭
那飽歷風霜的眼皮微微顫動
隨即他的身影
沒入那水默畫般的樹叢間

就像是那樣的一個片刻須臾
一無所有、一無所獲
只剩下青色的山
山頂上一座孤立的古廟
繚繞著白霧
奔騰的瀑布
幻變的雲
好像整個世界的糾結
都遠在那層疊的煙雲外

國家圖書館出版品預行編目

黑伏藏 / 侯宗華著. -- 高雄市：黑科技電影工
作室, 2023.05
面；　公分
ISBN 978-626-97359-0-7(平裝)

863.51　　　　　112006053

黑伏藏

作　　者／侯宗華
出版策劃／黑科技電影工作室
830025 高雄市鳳山區經武路8號三樓
電話：0973063380
製作銷售／秀威資訊科技股份有限公司
114 台北市內湖區瑞光路76巷69號2樓
電話：+886-2-2796-3638
傳真：+886-2-2796-1377
網路訂購／秀威書店：https://store.showwe.tw
博客來網路書店：https://www.books.com.tw
三民網路書店：https://www.m.sanmin.com.tw
讀冊生活：https://www.taaze.tw

出版日期／2023年5月
定　　價／300元